Teléfono: 1946-0620
Fax: 1946-0655
e-mail: marte.topete@editorialprogreso.com.mx
e-mail: servicioalcliente@editorialprogreso.com.mx

Dirección editorial: David Morrison
Coordinación editorial: Marte Antonio Topete y Delgadillo
Adaptación: Roxanna Erdman
Coordinación de diseño: Luis Eduardo Valdespino Martínez
Diseño de portada e interiores: Departamento de Diseño Grupo EDELVIVES
Ilustración de portada e interiores: Jimena Tello

Cereza y Kiwi
Colección peque LETRA

Miembro de la Cámara Nacional de la Industria Editorial Mexicana
Registro No. 232

ISBN: 978-607-746-344-3

Impreso en México
Printed in Mexico

1ª edición: 2016

Se terminó la impresión de esta obra en julio de 2016 en los talleres de
Editorial Progreso, S. A. de C. V., Naranjo No. 248, Col. Santa María la Ribera,
Delegación Cuauhtémoc, C. P. 06400, Ciudad de México.

Cereza y Kiwi

peque LETRA

Didi Grau | Jimena Tello

EDELVIVES

Fermina tomaba baños de sol, curaba con plantas, sabía siempre si iba a llover o no y me preparaba un café con leche riquísimo, con nata y todo. Nacida en Montevideo, descendía por línea materna del pueblo originario Charrúa. Era mi abuela. A ella le dedico este relato.

Didi

Kiwi era un niño guaraní, que trepaba los árboles más rápido que un rayo. Era un campeón imitando las voces de los pájaros y podía hacer fuego sin cerillos. Sabía todo lo que tenía que saber un niño guaraní. Casi todo.

Su puntería con las flechas
era muy mala, cosa que le daba mucha
pena. Tanta pena, que cuando sus amigos
se juntaban para tirar al blanco, él iba a
pescar con su papá.

Era divertido ir de pesca
por el río, pero lo más lindo
de todo, era ver a Cereza.

Al costado del río había un monte lleno de árboles. Siempre que pasaban por ahí con la canoa, Kiwi veía a Cereza ayudándole a su mamá a recolectar frutos.

Primero se miraban mucho, mucho. Después Kiwi
levantaba su mano en señal de saludo, y Cereza
le regalaba una sonrisa grande, enorme.

Las miradas de los dos se encontraban siempre.
Hasta que llegó la sequía.

Pasó un tiempo muy largo sin llover.
Durante todo ese tiempo, un oscuro nubarrón
estuvo suspendido en medio del cielo.

Todo se estaba secando. Sin agua
no se podía pescar ni recolectar frutos.

Ahora que no se podía ir a pescar, Kiwi se quedaba
en su casa pensando en la sonrisa de Cereza.
Y de tanto pensar, se le ocurrió: "¿Y si se olvida
de sonreír?"

Sin recordar para nada su mala puntería, armado
con el arco y las flechas de su hermano mayor, fue
hacia el árbol que estaba justo debajo del nubarrón.
Lo trepó en un abrir y cerrar de ojos. Cuando llegó
a la cima, colocó la flecha en posición, tensó el arco
y "¡FIUJJJ!", disparó hacia el cielo.

Una tras otra, todas las flechas que Kiwi lanzó
atravesaron el nubarrón, agujereándolo.
Y por todos los orificios cayeron gotas de lluvia,
como por un colador.

Tanta lluvia cayó que el río volvió a ser río y
los árboles volvieron a dar frutos. El nubarrón
desapareció, deshecho en agua.

A Kiwi lo nombraron campeón de tiro al blanco.

Y lo mejor fue el premio: la sonrisa de Cereza.